I

II

Aurora

Poemas y Calaveras

IV

Aurora

Poemas y Calaveras

de

Aurora Mendoza Mejía

Editado por

Lilibeth André

LAAD
Houston, Texas
2020

Aurora, Poemas y Calaveras de Aurora Mendoza
Mejía, Edited by Lilibeth André © 2020 All rights
reserved.

Paperback ISBN: 978-1-7362100-0-0. Electronic
ISBN: 978-1-7362100-1-7

Photography: Joseph M. Graves (cover); Luis E.
André (portrait).

LAAD
P.O. Box 1544
Bellaire, Texas 77402
(832) 660-7517

On-line orders: Amazon.com

Prólogo

Hace unos años estaba en conversation telefónica con mi madre. Le pregunté qué era lo que siempre quizo hacer con su vida. Me impactó saber que estaba basicamente enumerando todas las cosas que yo he hecho con la mia. Era como si hubiera leido su plan de vuelo y que lo hubiera llevado a cabo.

Durante mis años mozos, mi madre era un recurso interminable para mi creatividad. Como su hija mayor y mujer, recibi la mayor parte de sus enseñanzas. Así es como lo veo yo. Me enseño artes y manualidades, y capacidades para la vida diaria, y me dio lo suficiente como para dejarme correr con nuevas herramientas para mi colección. Reconozco que ella siempre fué la real diseñadora y creadora.

Nunca una mariposa social, fué la madre y mujer de su hogar que nos dió seguridad y comfort permitiendonos crecer con actitudes de los 50's en los 70's. Nos enseño justicia y buen humor. No lo hizo sola, claro pero mientras Papá estaba trabajando, ella era la que regia en el fuerte hogareño. Puedo decir que durante nuestros años de crecimiento fué una disciplinaria suave y siempre dispuesta a permitir nuestras travesuras. Era parte de nuestras bromas y algunas veces el foco de ellas. Era parte del equipo y aún lo es. Nos encanta hacerla reir.

Recientemente descubrió estos poemas y calaveras escritas hace 6 y 17 años. Disfrutó leyendolos nuevamente. Estos fueron los años cuando se volvió una mujer independiente. Dando la cara al divorcio y sin más hijos en casa se reunió a un grupo de mujeres que hiban al gimnasio; celebraban dias festivos, cumpleaños y el día de gimnasia; viajaban juntas; y participaban en cursos de desarrollo personal para llenar sus curiosidades y espiritu. Podía ver que estos fueron unos de los mejores años de su vida. Era una mujer plena. Esos fueron los años que dieron lugar a la inspiración para escribir estos poemas y calaveras para sus amigas y familia. Por gusto. Para su autoexpresión.

Hoy tiene el valor de decirnos frecuentemente que somos lo mejor que ha tenido en su vida. Qué más quiere escuchar un hijo.

Lilibeth

Foreword

A few years ago I was in phone conversation with my mother. I asked her what it was she always felt she wanted to do in her life. I was shocked to learn that she was basically listing all the things I had done with mine. It was as if I had read her secret flight plan and had taken it to heart.

Growing up, my mother was a never-ending resource to my creativity. As her oldest child and a girl, I received most of her teachings. That's how I see it. She taught me arts and crafts, and life skills, and gave me enough to run with new tools for my toolbox. I recognize she was always the true designer and creator.

Never a social butterfly, she was the stay-at-home mother who gave us security and comfort allowing us to still grow up with a 50's mind set in the 70's. She taught us fairness and good humor. She didn't do it alone of course but while Dad was at work, she was the one holding up the fort at home. I can say that growing up she was a soft disciplinarian and always willing to enable our mischief. She was part of our pranks and sometimes the focus of them. She was part of the crew and still is. We love making her laugh.

She recently discovered these poems and calaveras written 6 and 17 years ago. She enjoyed reading them again. These were the days when she became an independent woman. Having faced divorce and no more kids at home, she joined a group of women who went to the gym; celebrated holidays, birthdays and gym day; traveled together; and attended personal development courses to fill their curiosity and spirit. I could see these were some of the best years of her life. She was a complete woman. These were the years that led her inspiration to write these poems and calaveras for her friends and family. For fun. For herself expression.

Today she has the courage to tell us often that we are the best thing she has had in her life. What more does a child want to hear.

Lilibeth

Reconocimiento

Este libro compila poemas y calaveras escritas por mi madre. La traducción alegórica en inglés se incluye para los demás.

Madre, es un honor.

Las calaveras son rimas tradicionales de México, escritas para el Dia de los Muertos. Son picantes y humorosas. Se dedican a personajes o personas conocidas cuyas caracteristicas se representan en las rimas.

Acknowledgement

This book compiles poems and calaveras written by my mother. The allegorical English translation is included for everyone else.

Mother, it is an honor.

Calaveras are traditional Mexican rhymes written for the Day of the Dead. They are piquant and humorous. They are dedicated to characters or people we know whose characteristics are represented in the rhymes.

XIV

Unas Palabras

Aurora Mendoza Mejía es la hija mayor de Isauro Mendoza Nava y Julia Mejía. Nació en México el mismo año que Pablo Picasso pinta *Guernica*, y que J. R. R. Tolkien publica *El Hobbit*. Hermana de sus queridos hermanos Alberto y Victor, Aurora fué un ejemplo femenino de hermana mayor para sus pequeños hermanos. Sensible y creativa, Aurora se expresa desde temprana edad en su gusto por la moda, el diseño, y el baile. No fué sino hasta sus días de abuelita que ha descubierto su gusto por la expresión literaria.

Estos poemas y calaveras fueron inspirados en sus vivencias, por su familia y amigas. Aquí quedan documentados para sus seres queridos.

XVI

A Few Words

Aurora Mendoza Mejía is the oldest daughter of Isauro Mendoza Nava and Julia Mejía. She was born in Mexico the same year that Pablo Picasso painted Guernica and that J. R. R. Tolkien published The Hobbit. Sister to her dear brothers Albert and Victor, Aurora was a feminine example of a sister to her young brothers. Sensitive and creative, Aurora expressed herself from an early age in her taste for fashion, design and dance. It wasn't until her days as a grandmother that she discovered her taste for literary expression.

These poems and Calaveras were inspired in her life experiences, by her family and friends. They are documented here for her loved ones.

XVIII

Dedicatoria / Dedication

Para el amor de mi vida: mis hijos, mis nietos, y
bisnietos.

*To the love of my life: my children, my
grandchildren, and my great grandchildren.*

Aurora

xx

Table of Contents

Chapter 1

Poemas

Poems

Siempre Estaré
(Para mis hijos y nietos)

Nunca me iré.
Me quedo en cada pétalo de rosa
Me quedo en el volar de mariposas
Me quedo en cada cosa que soñé.

Ahí estaré.
En el amanecer de cada aurora
En el instante aquí, en el ahora
En el sol, en la brisa, viviré.

Yo viviré,
Cuando a tu rostro llegue una sonrisa
Cuando alegre te olvides de tus prisas
Siempre que tu me busques: ESTARE

I Will Always Be
(To my children and grand children)

I will never leave
I remain in every rose petal
I remain in the flight of the butterfly
I remain in every thing I dreamed.

There I will be,
In the dawn of every aurora
In the instant of the here, in the now
In the sun, In the breeze, I will live.

I will live,
When a smile comes to your face
When you happily forget your hurries
Always when you search for me: I will be.

Llorar

Llorar? Por qué? Por quién?
Porque alguien te hace daño y te lastima
Y te miente y te engaña, y asesina
El amor, en tu vida peregrina?

Llorar? Por qué? Por quién?
Por alguien que te hiere y no termina
De ofenderte, humillarte, y determina
Donde y cuando tu vas y te encaminas?

No más, nó: no las mereces,
Que si sumas mis lágrimas: feneces,
Verías que nunca pagas, ni con creces
Así te arrodillaras con mil veces.

Cry

Cry? Why? For whom?
Because someone does you harm and hurts you
And lies and cheats to you, and assassinates
The love, in your peregrine life?

Cry? Why? For whom?
For someone who hurts you and does not stop
Offending you, humiliating you, and determines
Where and when you go or you are heading?

No more, no; you don't deserve them
That if you sum my tears; you perish,
You would see you can never pay, not even
handsomely
Even if you knelt one thousand times.

Chapter 2

Calaveras

Betito
(2014)

Cuando llegó la calaca
Betito estaba comiendo
Y al mirar lo que comía
Casi se cae en el suelo.

Dijo la flaca sonriendo:
No me invitas mi niñito?
No comas tanto, mi vida
Pues así te ves bonito.

Dile a "Carlos" de sorpresa:
"No comas tanta tortilla"
pues si comes todas esas
tendrás la panza de ardilla.

Y para que veas Betito
Que te amo de corazón
Te daré aqui, todos los dias
TAQUITOS DE CHICHARRON!

Betito
(2014)

When Death arrived
Betito was eating
And seeing what he was eating
She almost fell on the floor.

The skinny one said laughing;
Won't you invite me my child?
Don't eat so much, my life
As you look pretty this way.

Tell "Carlos" in surprise:
"Don't eat so much tortilla"
Because if you eat all those
You'll have the belly of a squirrel.

So you see Betito
That I love you from my heart
I will give you here, every day
CHICHARRON TAQUITOS!

Para Mis Amigas Del Grupo
(2007)

A las amigas de Tere
La flaca les echó el ojo.
A mi no me tomes en cuenta
Y verás que no me enojo.

Llegaron muy modositas
A la casa de Teresa
Y la calaca les dijo:
"Una que otra me interesa."

Primero me llevo a dos,
Luego por otras vendré
Ya ni me la hagan de tos
A nadie perdonaré.

Y triste, triste este mundo
Se quedó sin las muchachas.
Digo con dolor profundo
Ah! Que la calaca tan gacha!

To My Friends From the Group
(2007)

Of Tere's friends
La skinny one has her eye on them.
Don't consider me
And you'll see I don't get mad.

They arrived very dainty
At Teresa's house
And Death told them:
"One or the other is of interest to me."

First I will take two,
Later I will come for others
Don't even fuss around
None will be forgiven.

And sad, sad this world
Remained without the girls
I say with profound pain
Oh, that death so mean!

Para Beto, Mi Nieto
(2014)

Beto, mi niño adorado
Pero tambien traviezón
Y si me fijo ya un poco
Estás un poco panzón.

Bájale un poco a los sopes
Y tacos de chicharrón
Porque si no me obedeces
Te daré un coscorrón.

Me encantas con tu sonrisa
Y tu don de platicón
Y por eso niño hermoso
Te amo de corazón.

Pide a Dios que te bendiga
Todos los días de tu vida
Y piensa que donde esté
Tu "TITA" nunca te ovlida.

To Beto, My Grandson
(2014)

Beto, my adored child
But also naughty
And if I look closely
He's a little potbellied.

Tone it down on the sopes
And chicharron tacos
Because if you don't listen
I'll bop you on the head.

You delight me with your smile
And your chatterbox gift
And that is why beautiful child
I love you from the heart.

Ask God to bless you
Every day of your life
And think that wherever I may be
Your "TITA" will never forget you.

Lilí (mi nieta)
(2004)

A la flaquis de Lilí
La calaca se llevó
No habia nadie por ahí
Y de eso se aprovechó.

Ya allá arriba con las nubes
Se puso a hacer picadillo
Y San Pedrito pensó:
A esta le falta un tornillo.

Vete a tu casa niñita,
Y recorta lo que quieras
Pero a mis nubes preciosas
No las tocas, no hay manera.

Vete a cuidar a "Piquito"
Que buena falta le hará
Y enséñale que Diosito
Siempre, siempre lo amará.

Lilí (my granddaughter)
(2004)

To the skinny Lilí
The Death took away
Nobody was nearby
And advantage she took.

There up on the clouds
She started to make hash
And little Saint Peter thought:
This one is missing a screw.

Go to your home little girl,
And cut up what you like
But my precious clouds
You do not touch, there is no way.

Go take care of "Piquito"
Who probably needs it
And teach him that God
Will always, always love him.

Carmelina
(2004)

Carmelina, compañera;
Por ser una gran amiga
La calaca te escogió
Pues te vió cual quinceañera.

Vino por tí, calladita,
Pues como es muy envidiosa
Quería la condenadita
Tener tu amistad hermosa.

Carmelina
(2004)

Carmelina, partner;
For being a great friend
Death chose you
As it saw you as a quinceañera.

It came for you, quietly,
Because she is so jealous
The damned one wanted
To have your beautiful friendship.

Marina (maestra de gimnasia)
(2004)

Marina, con gran paciencia
Nos dió clases este año,
Y al llevársela la flaca,
Nos ha causado gran daño.

Pero en el cielo a Pedrito
Le dice con voz sencilla:
No te me vas San Pedrito
Sin hacer tus sentadillas.

Marina (gym teacher)
(2004)

Marina, with great patience
Taught us class this year,
And taking her the scrawny one,
Has caused us much harm.

But in heaven to dear Peter,
She says with simple voice:
You're not going anywhere Saint Peter
Without your squats.

Carmen
(2004)

Carmen, que es buena persona
Dormida estaba en su cama.
Llegó la calaca y dijo:
"Yo cargo con esta dama."

Pero Carmen despertó
Y le dijo toda lacia:
No me lleves calaquita,
Tengo que ir a la gimnasia.

Carmen
(2004)

Carmen, who is a good person
Was asleep in her bed.
Death arrived and said:
"I'll carry off with this lady."

But Carmen woke up
And told the death:
Don't take me dear death,
I have to go to my work out.

Lupita Y Esperancita
(2004)

Al panteón de Cuernavaca
La calaca se llevó
A Lupita y Esperanza
Y solitas nos dejó.

No te las lleves flaquita!
Todas gritamos a coro:
Y nos dijo la maldita:
"Estas chicas, valen oro!"

Lupita And Esperancita
(2004)

To the Cuernavaca cemetery
Death took
Lupita and Esperanza
And left us all alone.

Don't take them skinny!
We all yelled in chorus:
And the damned one told us:
"These girls, they're worth gold!"

Yeya (Sarabeth)
(2004)

Este año no te me escapas
Dijo la calaca flaca
Y se llevó a la Yeyina
Enredada en una hamaca.

Eres casi una princesa
Pero eres muy testaruda
Asi que con San Pedrito
Te llevo yo, la huesuda.

Te ando buscando, Yeyina
No te escondas, te me pierdes
Has de estar con tu abuelita
Sacándole canas verdes.

Pero ya no te me escapas
Espera solo un ratito,
Y en menos de lo que piensas
Te convierto en angelito.

Yeya (Sarabeth)
(2004)

This year you're not getting away from me
The skinny death said
And she took Yeyina
Tangled in a hammock.

You are almost a princess
But you are very stubborn
So to Saint Peter
I take you, me the boney one.

I'm looking for you Yeyina
Don't hide, I'm loosing you,
You must be with your grandma
Giving her green gray hairs.

But you won't get away any more
Wait a little while,
And in less than you think
I'll turn you into a little angel.

A Todas Mis Amigas
(2003)

A mis queridas amigas
La flaca se las llevó
Mas, las vió tan deprimidas
Que mejor las regresó.

Gocen la vida, muchachas
Vivan la vida feliz,
Aprovechen las pachangas
Eso diganle a Beatriz.

Los viernes de quesadillas
Dense siempre un atracón
Y para que no se me enfermen
No pidan de chicharrón.

To All My Girlfriends
(2003)

My dear friends
The skinny one took
Alas, she saw them so depressed
That she brought them back instead.

Enjoy life girls
Live life happy
Take advantage of the parties
Tell that to Beatriz.

On quesadilla Fridays
Always have a binge
And so that you don't get sick
Don't order the chicharron.

Calavera Para Mi Papá

Chenchito ya está en el cielo
Mirándonos cada día
Pero él no quiere que llores
A él le gusta la alegría.

Desde esa estrella grandota
Nos cuida a cada momento
Nos manda abrazos y besos
Lo sentimos en el viento.

Desde ahí nos guiñe un ojo,
Más no es una despedida,
Pues recuerden, él nos dijo:
LA FAMILIA, SIEMPRE UNIDA.

Calavera For My Father

Chenchito is now in heaven
Looking down at us each day
But he doesn't want us to cry
He likes happiness.

From that great star
He cares for us each moment
He sends us hugs and kisses
We feel them in the wind.

From there he winks at us,
But it is not a goodbye,
For remember, he told us:
THE FAMILY, ALWAYS UNITED.

Calavera Para Marina
(Mi maestra de gimnasia)

Vino al "Revo" la calaca
Para vernos en acción
Y fué tal su descontento
Que hizo esta reflexion:

Pobrecita de Marina!
Todas son caso perdido
Les encanta el cotorreo
Pero nunca se han lucido.

Desfiles van y otros vienen
Las he visto desfilar.
Cada una va por su lado
Ya no saben ni contar.

Cuando me las lleve al cielo
Pondré a todas a entrenar
Y del uno al dieciseis
Aprenderán a contar.

Mientras tanto Marinita
Paciencia debes tener
Pues eso sí te aseguro:
Siempre te van a querer.

Calavera For Marina
(My gym teacher)

Death came to the "Revo"
To see us in action
And his unhappiness was such
That he reflected:

Poor Marina!
They're all a lost cause
They love the chatter
But they've never shined.

Parades come and others go
I've seen them on parade
Each her own way
They don't even know how to count anymore.

When I take them to heaven
I'll have them all brand new
And from one to sixteen
They'll learn to count anew.

Meanwhile Marinita
Patience you must have
For I assure you:
They will always love you.

Calaca Para Mis Amigas

En una tarde lluviosa
La calca apareció
Y encontrandonos en grupo
Muy cómoda, se sentó.

Me invitan chicas? Nos dijo,
Para hacer conversación,
Pero nadie le hizo caso
Y le dolió el corazón.

Ya enojada nos gritó:
"Es envidia, chiquititas,
pues se sienten las "muy-muy"
pero tienen sus llantitas.

Cuando se ponen muy bellas
Se cuelgan el molcajete
Pero todas, modositas,
Siempre pasan al retrete.

Ya me llegará el día
En que venga por el grupo
Por altas y chaparritas,
Para todas tengo cupo.

Todas son muy presumidas
Y dicen quererse tanto…
Pero al mirarme llegar,
Pondrán su cara de espanto.

Al cabo que ni quería
Entrar al famoso Club.
Se sienten muy "elitistas"
Mas siempre dicen: Salud!

Eso si que no les falla:
Su tequila y su paloma
Y de que les gusta el chupe
Se nota desde la loma.

Y se despidió la flaca
Con su cintura de avispa
Y del miedo que nos dió
Una que otra quedó bizca.

Calaca For My Friends

In this rainy afternoon
Death appeared
And finding us in group
Very assertive, she sat.

You invite me girls? She said,
To make conversation
But no one paid her mind
And her heart ached.

All mad she yelled at us:
"It is jealousy, little ones,
As you feel "hot"
But you have your love-handles.

When you get so pretty
You wear the kitchen sink
But all, dainty ones
Always pass by the privy.

There will come the day
When I come for the group
For tall ones and short ones,
For all I have room.

You're all presumptuous
And say you like each other so…
But seeing me arrive,
You'll have a look of fright.

Didn't want to anyway
Join your famous Club,
You feel so "elitists"
But you always say: "Cheers!"

That you don't miss:
Your tequila and your paloma
And that you like to drink
Can be seen from the hill.

And the skinny one signed off
With her waist of a wasp
And the fright she gave us
Every other one went cross-eyed.

Gracias

Gracias Señor en esta Nochebuena
Por tener illusions, por tener alegría.
Quizá a veces tristeza, falta de compañía
Pero siempre me dices: espera un nuevo día.

Gracias Señor, en esta Nochebuena
Por hacer el milagro de estar todos reunidos
Por haber permitido, a mis seres queridos
Como dijo mi padre: Estar todos UNIDOS.

Thanks

Thank you Lord on this Christmas Eve
For having illusions, for having happiness,
Perhaps sometimes sadness, lack of company
But always you tell me: wait for a new day.

Thank you Lord, on this Christmas Eve
For creating the miracle of joining us all
For allowing, my loved ones
As my father said: Be all UNITED.

Epílogo

Este libro es un agradecimiento a la vida que nos ha
dedicado mi madre. Es un gusto ayudarla a
compartir sus pensamientos y humor. Y esperemos
que se den muchos más.

Epilogue

This book is in appreciation to the life my mother has dedicated to us. It is a pleasure to share her thoughts and humor. And we hope there are many more.

Otros Libros de Lilibeth André

Other Books by Lilibeth André

10 Mejores Tips Para El Anti-Envejecimiento Holístico

Top 10 Tips For Holistic Anti-Aging

The Songs of My Grandfather

The Lady Of The Turquoise Pendant

Referencia / Reference

Calaveras: Rimas para celebrar el Dia de los Muertos. A La Muerte se le conoce por varios nombres en el lenguaje popular:

La Calaca
La Flaca
Flaquita
Flaca
La Huesuda
Calaca

Siempre reconociéndola por su aspecto de esqueleto y para dar risa con apodos y diminutivos.

Calaveras: Rhymes to celebrate the Day of The Dead. Death is known by various names in the popular lingo:

The Calaca (as a title, in a variation of skull "calavera")
The Skinny One
Little Skinny One
Slim
The Boney One
Calaca (as a name)

Always recognizing her for her skeletal aspect and to make fun with nicknames and diminutives.

NOTES:

NOTES:

NOTES: